五言律詩

與諸子登峴山

人事有代謝，往來成古今。江山留勝迹，我輩復登臨。水落魚梁淺，天寒夢澤深。羊公碑尚在，讀罷淚沾襟。

選評：

《唐詩援》：結語妙在不翻案。後人好議論，殊覺多事，乃知詩中著議論定非佳境。

孟詩一味簡淡，意足便止，不必求深，自可空前絕後。子美云：『吾愛襄陽孟夫子，新詩句句盡堪傳。』太白云：『吾愛孟夫子，風流天下聞。』二公推服如此，豈虛語哉！

《唐風定》：風神興象，空靈澹遠，一味神化。中晚涉意，去之千里矣。

《而庵說唐詩》：『我輩』二字，浩然何等自負，却在『登臨』上說，尤妙。

《絸齋詩談》：《與諸子登峴山》『人事有代謝，往來成古今。江山留勝迹，我輩復登臨。』流水對法，一氣滾出，遂爲最上乘。意到氣足，自然渾成，逐句摹擬不得。

《詩境淺說》：前四句俯仰今古，寄慨蒼涼。凡登臨懷古之作，無能出其範圍，句法一氣揮灑，若鷹隼摩空而下，盤折中有勁疾之勢。

臨洞庭

八月湖水平，涵虛混太清。氣蒸雲夢澤，波撼岳陽城。欲濟無舟楫，端居恥聖明。坐觀垂釣者，徒有羨魚情。

選評：

《西清詩話》：洞庭天下壯觀，騷人墨客題者衆矣，終未若此詩頷聯一語氣象。

《唐詩鏡》：渾渾不落邊際。三、四愜當，渾若天成。

《唐風定》：孟詩本自清澹，獨此聯氣勝，與少陵敵，胸中幾不可測（『氣蒸』一聯下）。

《唐詩成法》：前半何等氣勢，後半何其卑弱！

《唐宋詩舉要》：吴曰：唐人上達官詩文，多干乞之意，此詩收句亦然，而詞意則超絶矣。

晚春

二月湖水清，家家春鳥鳴。林花掃更落，徑草踏還生。酒伴來相命，開樽共解酲。當杯已入手，歌妓莫停聲。

選評：

《唐詩解》：水清鳥囀，草長花飛，仲春之景麗矣。酒有伴，妓善歌，飲中之勝事也。頷聯有生氣，尾聯見豪舉。曰『解酲』，便有一醉累月意。讀此篇，孟之風韻可想。

《唐詩成法》：水清、鳥囀，緊接草長花飛，寫『晚』字得神。後四宴賞之勝事，恰在個中，歡樂難工，此詩有焉。

歲暮歸南山

北闕休上書，南山歸弊廬。不才明主棄，多病故人疏。白髮催年老，青陽逼歲除。永懷愁不寐，松月夜窗虚。

選評：

王之望《上宰相書》：孟浩然在開元中詩名亦高，本無宦情，語亦平淡。及『北闕』『南山』之詩，作意爲憤躁語，此不出乎情性，而失其音氣之和，果終棄于明主。

《瀛奎律髓》：八句皆超絶塵表。

《增訂唐詩摘抄》：結句是寂寥之甚，然只寫景，不説寂寥，含蓄有味。

《瀛奎律髓彙評》：馮舒：一生失意之詩，千古得意之作。　紀昀：三、四亦盡和平，不幸而遇明皇爾。或以爲怨怒太甚，不及老杜『官應老病休』句之温厚，則是以成敗論人也。結句亦前人所稱，意境殊爲深妙。然『永懷愁不寐』句尤見纏綿篤摯，得詩人風旨。

《唐詩合選詳解》：吴綏眉曰：此種最爲清雅，不求工而自合。

梅道士水亭

傲吏非凡吏，名流即道流。隱居不可見，高論莫能酬。水接仙源近，

山藏鬼谷幽。再來迷處所，花下問漁舟。

選評：

《唐詩歸》：與右丞『欲投人處宿，隔水問樵夫』，各自成漁樵畫圖。

《精選評注五朝詩學津梁》：起爲連環對偶法，第三聯工夫純粹。

閑園懷蘇子

林園雖少事，幽獨自多違。向夕開簾坐，庭陰落影微。鳥從煙樹宿，螢傍水軒飛。感念同懷子，京華去不歸。

選評：

《唐律消夏録》：『幽獨』句先露出一懷人影子，以下卻不就説懷人，再將庭陰落景、鳥宿云飛寫得悄然、冷然，然後接出『感』字，雖欲不懷，不可得也。

留別王維

寂寂竟何待，朝朝空自歸。欲尋芳草去，惜與故人違。當路誰相假，知音世所稀。衹應守寂寞，還掩故園扉。

選評：

《王孟詩評》：個中人，個中語，看著便不同（首四句下）。末意更悲。

武陵泛舟

武陵川路狹，前棹入花林。莫測幽源裏，仙家信幾深。水迴青嶂合，雲渡緑溪陰。坐聽閑猿嘯，彌清塵外心。

選評：

《唐詩選脉會通評林》：周珽曰：律法清老，意境孤秀。「棹入花林」，便得趣。次言已知仙境矣，却又不可窮測。「水迴」「雲渡」二語，正頂「幽」「深」來。結謂到此塵念已息，更聞猿嘯，此心彌清。總美武陵溪源妙異也。大抵孟詩遇景入韻，濃淡自如，景物滿眼，興致却別。

同曹三御史行泛湖歸越

秋入詩人興，巴歌①和者稀。泛湖同旅泊，吟會是歸思。白簡徒推薦，滄洲已拂衣。杳冥雲海去，誰不羡鴻飛。

簡注：

①巴歌：下俚之歌。

遊景空寺蘭若

龍象經行處，山腰度石關。屢迷青嶂合，時愛緑蘿閑。宴息花林下，高談竹嶼間。寥寥隔塵事，疑是入雞山。

陪張丞相登嵩陽樓

獨步人何在，嵩陽有故樓。歲寒問耆舊，行縣擁諸侯。泱莽北彌望，沮漳東會流。客中遇知己，無復越鄉憂。

與顔錢塘登樟亭望潮作

百里雷聲震，鳴弦暫輟彈。府中連騎出，江上待潮觀。照日秋雲迴，浮天渤澥①寬。驚濤來似雪，一坐凜生寒。

簡注：

①渤澥：海旁水灣稱渤，斷開的水域曰澥。此處代指入海的錢塘。

選評：

《聞鶴軒初盛唐近體讀本》：陳德公先生曰：三、四現成秀句。迤邐而入，章法井然。五、六得登望遠景，故『浮天』句不覺爲楞。結更警拔，足令全體俱靈。

題大禹寺義公禪房

義公習禪寂，結宇依空林。户外一峰秀，階前眾壑深。夕陽連雨足，空翠落庭陰。看取蓮花淨，方知不染心。

選評：

《唐詩評選》：五、六爲襄陽絶唱，必如此乃耐吟詠，一結入套，依然山人本色。

《唐詩選》：玉遮曰：盡禪門清淨況味。

《網師園唐詩箋》：中四寫景清真。

《唐賢清雅集》：森秀是襄陽本色。魂魄語（『空翠』句下）。

尋白鶴岩張子容隱居

白鶴青岩畔，幽人有隱居。階庭空水石，林壑罷樵漁。歲月青松老，風霜苦竹疏。睹茲懷舊業，攜策①返吾廬。

簡注：

①策：細樹枝，手杖。

九日得新字

九日未成旬，重陽即此晨。登高尋故事，載酒訪幽人。落帽恣歡飲，授衣同試新。茱萸正可佩，折取寄情親。

除夜樂城張少府宅

雲海訪甌閩，風濤泊島濱。如何歲除夜，得見故鄉親。余是乘桴客，君爲失路人①。平生復能幾，一別十餘春。

簡注：

①乘桴客：典出《論語·公冶長》『道不行，乘桴浮于海』。謂失路人，失意之人。

舟中晚望

掛席東南望，青山水國遥。舳艫爭利涉，來往任風潮。問我今何適，天台訪石橋。坐看霞色晚，疑是赤城標。

選評：

《唐賢三昧集箋注》：一氣旋折，後來屈翁山喜學此格。

《五七言今體詩鈔》：趣興奇逸。

《唐宋詩舉要》：吴曰：一片神行，此王、孟之絶詣也。

遊精思觀迴王白雲在後

出谷未停午，至家已夕曛。迴瞻山下路，但見牛羊群。樵子暗相失，草蟲寒不聞。衡門猶未掩，佇立待夫君。

選評：

《王孟詩評》：劉云：并與草蟲無之，則其境可悲。幽淒寂歷之境，數言俱足。

《古唐詩合解》：此詩以古行律，有晋人風味。

與杭州薛司户登樟亭驛

水樓一登眺，半出青林高。帟幕英僚敞，芳筵下客叨。山藏伯禹穴，城壓伍胥濤①。今日觀溟漲，垂綸欲釣鼇。

簡注：

①伯禹穴，禹穴，禹父鯀爲崇伯，故禹亦稱伯禹；伍胥濤，傳説伍子胥死後被投身江中，隨流揚波、依潮往來，後世故稱錢塘江潮爲『伍胥濤』。

尋天台山作

吾友太一子，餐霞卧赤城。欲尋華頂去，不憚惡溪名。歇馬憑雲宿，揚帆截海行。高高翠微裏，遥見石梁横。

選評：

《唐詩解》：山水之思，摹寫殆盡。

《唐詩意》：通篇是比體，言求道者能無所不盡其力，必有可至之理，亦《小雅·鶴鳴》意也。

《唐賢三昧集箋注》：孟詩亦有此種煉字健句，奈何以清微淡遠概之（『揚帆』句下）？

宿立公房

支遁初求道，深公笑買山①。何如石岩趣，自入户庭間。苔澗春泉滿，蘿軒夜月閑。能令許玄度②，吟卧不知還。

簡注：

①典出《世説新語·排調》：『支道林因人就深公買印山，深公答曰：「未聞巢由買山而隱。」』意指歸隱未必要入深山。

②許玄度：許詢，字玄度，東晉文學家。好清談，善吟詠，隱居不仕。

選評：

《王孟詩評》：劉云：起處用事得好，固不宜經人道。三四句亦自在有味。詣入淡境，覺一切求工造險者形穢之甚。

尋陳逸人故居

人事一朝盡，荒蕪三徑休。始聞漳浦卧，奄作岱宗遊。池水猶含墨，山雲已落秋。今朝泉壑裏，何處覓藏舟。

姚開府山池

主人新邸第，相國舊池臺。館是招賢闢，樓因教舞開。軒車人已散，簫管鳳初來。今日龍門下，誰知文舉才①。

簡注：

①孔融字文舉，少有異才，《後漢書·孔融傳》載其對答如流，爲太中大夫陳煒賞識故事。

夏日浮舟過陳逸人別業

水亭涼氣多，閑棹晚來過。澗影見藤竹，潭香聞芰荷。野童扶醉舞，山鳥笑酣歌。幽賞未云遍，煙光奈夕何。

夏日辨玉法師茅齋

夏日茅齋裏，無風坐亦涼。竹林新筍概①，藤架引梢長。燕覓巢窠處，蜂來造蜜房。物華皆可玩，花蕊四時芳。

簡注：

①概：音既，茂密。

與張折衝遊耆闍寺

釋子彌天秀，將軍武庫才。横行塞北盡，獨步漢南來。貝葉傳金口，山樓作賦開。因君振嘉藻①，江楚氣雄哉。

簡注：

①振嘉藻：作出美好文章。

與白明府遊江

故人來自遠，邑宰復初臨。執手恨爲别，同舟無異心。沿洄洲渚趣，演漾弦歌音。誰識躬耕者，年年梁甫吟①。

簡注：

①梁甫吟：樂府曲調名，梁甫爲山名，傳説人死後葬此山，因此爲葬歌。

遊精思題觀主山房

誤入花源裏，初憐竹徑深。方知仙子宅，未有世人尋。舞鶴過閑砌，飛猿嘯密林。漸通玄妙理，深得坐忘心。

尋梅道士張逸人

彭澤先生柳，山陰道士鵝①。我來從所好，停策夏雲多。重以觀魚樂，因之鼓枻②歌。崔徐跡未朽，千載揖清波。

簡注：

①彭澤先生，指陶淵明；山陰道士，《晋書·王羲之傳》載『山陰有一道士，養好

鵝』，王羲之以書法易鵝，各自爲樂。

②鼓枻：摇動船槳。枻，音溢，船槳。

陪姚使君題惠上人房

帶雪梅初暖，含煙柳尚青。來窺童子偈，得聽法王經。會理知無我，觀空厭有形。迷心應覺悟，客思不遑寧。

晚春題遠上人南亭

給園支遁隱，虛寂養閑和。春晚群木秀，關關黃鳥歌。林棲居士竹①，池養右軍鵝。炎月北窗下，清風期再過。

簡注：

①居士竹：典出《世説新語・任誕》：『王子猷嘗暫寄人空宅住，便令種竹。』竹常與隱士相伴。

人日登南陽驛門亭子懷漢川諸友

朝來登陟處，不似豔陽時。異縣殊風物，羈懷多所思。剪花驚歲早，看柳訝春遲。未有南飛雁，裁書欲寄誰。

遊鳳林寺西嶺

共喜年華好，來游水石間。煙容開遠樹，春色滿幽山。壺酒朋情洽，琴歌野興閑。暮愁歸路暝，招月伴人還。

陪獨孤使君同與蕭員外證登萬山亭

萬山青嶂曲，千騎使君遊。神女鳴環佩，仙郎接獻酬。遍觀雲夢野，自愛江城樓。何必東南守，空傳沈隱侯①。

簡注：

①沈隱侯：即齊梁文學家沈約，曾爲東陽太守。

贈道士參寥

蜀琴久不弄，玉匣細塵生。絲脆弦將斷，金徽色尚榮。知音徒自惜，聾俗本相輕。不遇鍾期聽，誰知鸞鳳聲①。

簡注：

①鍾期，即鍾子期，用鍾子期、俞伯牙典故以比知音；鸞鳳聲，嵇康《琴賦》云：『遠而聽之，若鸞鳳和鳴獻雲中，若衆葩敷榮曜春風。』

京還贈張維

拂衣何處去，高枕南山南。欲徇五斗祿，其如七不堪①。早朝非晏起，束帶異抽簪。因向智者說，遊魚思舊潭。

簡注：

①五斗祿，陶淵明有『我豈能爲五斗米折腰，向鄉里小兒』的典故；七不堪，嵇康有《與山巨源絕交書》，陳述自己不堪爲官的七條理由。

題李十四莊兼贈綦毋校書①

聞君息陰地，東郭柳林間。左右瀍澗水，門庭緱氏山②。抱琴來取醉，垂釣坐乘閑。歸客莫相待，緣源殊未還。

簡注：

①綦毋校書：綦毋潛，唐代詩人，曾任校書郎。

②緱氏山：在今河南偃師境內，傳説爲王子晉得仙處。

寄趙正字

正字芸香閣，幽人竹素園。經過宛如昨，歸卧寂無喧。高鳥能擇木，羝羊漫觸藩。物情今已見，從此願忘言。

秋登張明府海亭

海亭秋日望，委曲見江山。染翰聊題壁，傾壺一解顔。歌逢彭澤令，歸賞故園間。余亦將琴史，棲遲共取閑。

題融公蘭若

精舍買金開，流泉繞砌迴。芰荷薰講席，松柏映香臺。法雨晴飛去，天花晝下來。談玄殊未已，歸騎夕陽催。

選評：

《唐詩選脉會通評林》：周珽曰：孟詩每似不經思輕口吐出，古意淡韻，人自罕及。此篇極美蘭若建置幽勝，兼贊融公道法靈通，語調稍艷，而豐骨超逸。即『法雨晴飛去』句更奇越，也如選載膾炙人處，高華清峭，出人意表，不勝殫迷。劉會孟評其如訪梅問柳，偏入古寺，與韋蘇州意趣雖相似，然入處不同。善哉，千古知己！

九日龍沙作寄劉大昚虛①

龍沙豫章北，九日掛帆過。風俗因時見，湖山發興多。客中誰送酒，棹裏自成歌。歌竟乘流去，滔滔任夕波。

簡注：

①劉大昚虛：劉昚虛，唐代詩人，文章有盛名，詩多寫山水隱居。昚，音慎。

洞庭湖寄閻九

洞庭秋正闊，余欲泛歸船。莫辨荊吳地，唯餘水共天。渺瀰江樹沒，合沓海湖連。遲爾爲舟楫，相將濟巨川①。

簡注：

①典出《尚書·説命上》：『若濟巨川，用汝作舟楫。』本比喻君臣協合，此處代指與閻九同泛江湖的感情。

秋日陪李侍御渡松滋江

南紀①西江闊，皇華御史雄。截流寧假楫，掛席自生風。寮寀②爭攀鷁，魚龍亦避驄。坐聞白雪③唱，翻入棹歌中。

簡注：

①南紀：泛指南方荊楚一帶。

②寮寀：音遼采，官吏。

③白雪：即陽春白雪，指高雅樂曲。

秦中感秋寄遠上人

一丘常欲臥，三徑苦無資。北土非吾願，東林懷我師。黃金燃桂盡，壯志逐年衰。日夕涼風至，聞蟬但益悲。

選評：

李夢陽曰：黃金燃桂盡，終傷氣。結句好。

重酬李少府見贈

養疾衡茅下，由來浩氣真。五行將禁火，十步任尋春。致敬維桑梓，邀歡即主人。還看後凋色，青翠有松筠。

宿永嘉江寄山陰崔少府國輔

我行窮水國，君使入京華。相去日千里，孤帆天一涯。臥聞海潮至，起視江月斜。借問同舟客，何時到永嘉？

選評：

《唐詩品彙》：劉云：不必思索，皆有（『臥聞』一聯下）。

《歷代詩發》：一片神理，思路都絕。

上巳日洛中寄王九迥

卜洛成周地，浮杯上巳筵。鬥雞寒食下，走馬射堂前。垂柳金堤合，平沙翠幕連。不知王逸少①，何處會群賢？

簡注：

①王逸少：王羲之，字逸少。此處巧借指王九。

聞裴侍御朏自襄州司户除豫州司户因以投寄

故人荆河掾，尚有柏臺①威。移職自樊沔，芳聲聞帝畿。昔余卧林巷，載酒訪柴扉。松菊無君賞，鄉園懶欲歸。

簡注：

①柏臺：御史臺之别稱。

江上寄山陰崔國輔少府

春堤楊柳發，憶與故人期。草木本無意，榮枯自有時。山陰定遠近，

江上日相思。不及蘭亭會，空吟祓禊詩①。

簡注：

①王羲之《蘭亭集序》載，永和九年在會稽山陰有蘭亭之會，修禊事；祓禊，古之民俗，三月上巳日到水濱洗濯，以去灰塵，除不祥。

送洗然弟進士舉

獻策金門去，承歡彩服違①。以吾一日長，念爾聚星稀。昏定須温席②，寒多未授衣。桂枝如已擢，早逐雁南飛。

簡注：

①傳説古有老萊子，年七十，著五彩衣，卧地學小兒啼，以悦父母。

②典出《禮記·曲禮》：凡爲人子之禮，冬温而夏清，昏定而晨省。

夜泊廬江聞故人在東林寺以詩寄之

江路經廬阜，松門入虎溪。聞君尋寂樂，清夜宿招提。石鏡山精怯，禪林怖鴿棲。一燈如悟道，爲照客心迷①。

簡注：

①佛家以燈喻法，言佛法如燈，可照亮衆人道路，使人脱離迷津。

宿桐廬江寄廣陵舊遊

山暝聽猿愁，滄江急夜流。風鳴兩岸葉，月照一孤舟。建德非吾土，維揚憶舊遊。還將數行淚，遥寄海西頭①。

簡注：

①海西頭：指揚州。隋煬帝《泛龍舟》：『借問揚州在何處，淮南江北海西頭。』

選評：

《王孟詩評》：『一孤』似病，天趣自得。大有洗煉，非率爾得者。

《唐詩别裁》：孟公詩高于起調，故清而不寒。

《唐宋詩舉要》：健舉，工于發端（首聯下）。旅況寥落，情景如繪（『月照』句下）。情深語摯（末句下）。

南還舟中寄袁太祝

沿泝非便習，風波厭苦辛。忽聞遷谷鳥①，來報五陵春②。嶺北迴征棹，巴東問故人。桃源何處是，遊子正迷津。

簡注：

①遷谷鳥：典出《詩經·小雅·伐木》『出自幽谷，遷于喬木』，比喻仕途升遷。

②五陵春：五陵，指漢高帝長陵、惠帝安陵、景帝陽陵、武帝茂陵、昭帝平陵。漢代高官貴人遷居至陵墓附近居住，詩文常以五陵代指富貴之人聚居之處。

東陂遇雨率爾貽謝南池

田家春事起，丁壯就東陂。殷殷雷聲作，森森雨足垂。海虹晴始見，河柳潤初移。余意在耕稼，因君問土宜。

選評：

《王孟詩評》：似目前而非目前。

《瀛奎律髓》：紀昀評：通體自然，不但起句、末句。又：五句天象，參以河柳似偏枯，然主意在一『潤』字，正承雨正説下耳。

行至汝墳寄盧徵君

行乏憩余駕，依然見汝墳①。洛川方罷雪，嵩嶂有殘雲。曳曳半空裏，溶溶五色分。聊題一詩興，因寄盧徵君。

簡注：

①汝墳：汝水上的堤防。

寄天台道士

海上求仙客，三山望幾時。焚香宿華頂，裛露採靈芝。屢踐莓苔滑，將尋汗漫期。儻因松子去，長與世人辭。

和張明府登鹿門山

忽示登高作，能寬旅寓情。絃歌既多暇，山水思彌清。草得風先動，虹因雨後成。謬承巴俚和，非敢應同聲。

和張二自穰縣還途中遇雪

風吹沙海雪，來作柳園春。宛轉隨香騎，輕盈伴玉人。歌疑郢中客，態比洛川神。今日南歸楚，雙飛似入秦。

歲除夜會樂城張少府宅

疇昔通家好，相知無間然。續明催畫燭，守歲接長筵。舊曲梅花唱，新正柏酒傳①。客行隨處樂，不見度年年。

簡注：

①梅花，指《橫吹曲辭》之《梅花落》；柏酒，古以柏葉浸酒，於元旦共飲，取長壽之意。

自洛之越

遑遑三十載，書劍兩無成。山水尋吳越，風塵厭洛京。扁舟泛湖海，長揖謝公卿。且樂杯中酒，誰論世上名。

歸至郢中作

遠遊經海嶠，返棹歸山阿。日夕見喬木，鄉園在伐柯①。愁隨江路盡，喜入郢門多。左右看桑土，依然即匪佗②。

簡注：

①喬木，古語有『睹喬木，知舊都』，指故鄉；伐柯，《詩經·豳風·伐柯》云『伐柯伐柯，其則不遠』，言距離家鄉近了。

②桑上，《詩經·小雅·小弁》云『維桑與梓，必恭敬止』，猶言鄉土；匪佗，典出《詩經·小雅·頍弁》『豈伊異人，兄弟匪他』，依然如故之意。

途中遇晴

已失巴陵雨，猶逢蜀坂泥。天開斜景遍，山出晚雲低。餘濕猶沾草，殘流尚入溪。今宵有明月，鄉思遠悽悽。

選評：

《王孟詩評》：劉云：起四句不似著意，好語！好語！清婉蕭閑，略逗錢、劉音調。　李曰：通透。

《唐詩別裁》：狀晚霽如畫。

《聞鶴軒初盛唐近體讀本》：蒼幽合作，無一恒筆。　起二是前一層，三、四方説向晴，五、六寫初晴景最確，結作預擬之辭，餘波更乃不竭。　吴曰：畫不能及（『天開』句下）。

夕次蔡陽館

日暮馬行疾，城荒人住稀。聽歌疑近楚，投館忽如歸。魯堰田疇廣，章陵氣色微。明朝拜嘉慶①，須著老萊衣。

簡注：

①拜嘉慶：《論語陽秋》：唐人與親別而復歸，謂之拜家慶。

他鄉七夕

他鄉逢七夕，旅館益羈愁。不見穿針婦①，空懷故國樓。緒風②初減熱，新月始臨秋。誰忍窺河漢，迢迢問斗牛。

簡注：

①穿針婦：古時七夕之夜，有婦女結五彩綫、穿七孔針的習俗。

②緒風：秋風。

夜泊牛渚趁薛八船不及

星羅牛渚夕，風送鷁舟遲。浦溆常同宿，煙波忽間之。榜歌空裏失，船火望中疑。明發①泛湖海，茫茫何處期。

簡注：

①明發：黎明。

曉入南山

瘴氣曉氛氳，南山沒水雲。鯤飛①今始見，鳥墮②舊來聞。地接長沙近，江從泊渚分。賈生曾吊屈，余亦痛斯文。

簡注：

①鯤飛：《莊子・逍遥遊》：『鯤之大，不知其幾千里也，化而爲鳥，其名爲鵬。鵬之背不知其幾千里也，怒而飛，其翼若垂天之雲。』

②鳥墮：《論衡》記載南郡極熱，有人唾鳥，鳥即墜地。用典以指南方之地。

夜渡湘水

客行貪利涉，夜裏渡湘川。露氣聞香杜，歌聲識採蓮。榜人投岸火，漁子宿潭煙。行旅時相問，潯陽何處邊。

選評：

《王孟詩評》：清潤自喜。

《綱師園唐詩箋》：寫夜景極清新（「露水」二句下）。

赴命途中逢雪

迢遞秦京道，蒼茫歲暮天。窮陰連晦朔，積雪滿山川。落雁迷沙渚，飢烏噪野田。客愁空佇立，不見有人煙。

選評：

《王孟詩評》：劉云：决不爲小兒語求工者，大方語絶無峻處。

《聞鶴軒初盛唐近體讀本》：三、四高蒼，結亦有致。李白山曰：祇第三寫遇雪，前是未雪時景，後是雪霽時景。凡作詩，須實少，虛處多，方有餘地。淺夫喋喋，徒辭費耳。

宿武陵即事

川暗夕陽盡，孤舟泊岸初。嶺猿相叫嘯，潭影似空虛。就枕滅明燭，扣船聞夜漁。雞鳴問何處，人物是秦餘①。

選評：

①典出陶淵明《桃花源記》：『自云先世避秦時亂，率妻子邑人，來此絶境，不復

出焉，遂與外人間隔。』

選評：

《王孟詩評》：劉云：唱出隨意，自無俗意。以孟高情逸調，客中靜夜，無怪乎屢多佳什也。

《唐詩成法》：自夕陽初泊時寫到雞鳴，皆是景中見情，無一呆筆。蓋燭滅聞漁，則一夜不寐可知，方可緊接『雞鳴』字。

同盧明府餞張郎中除義王府司馬海園作

上國山河裂，賢王邸第開。故人分職去，潘令①寵行來。冠蓋趨梁苑②，江湘失楚材。預愁軒騎動，賓客散池臺。

簡注：

①潘令：潘嶽曾爲河陽令，借指盧象。

②梁苑：漢梁孝王築園，在此招延四方豪傑。

落日望鄉

客行愁落日，鄉思重相催。況在他山外，天寒夕鳥來。雪深迷郢路，雲暗失陽臺。可歎凄遑子，勞歌誰爲媒①。

簡注：

①勞歌，勞者之歌；媒，謀也。

永嘉上浦館逢張八子容

逆旅相逢處，江村日暮時。眾山遙對酒，孤嶼共題詩。廨宇鄰蛟室①，人煙接島夷。鄉關萬餘里，失路一相悲。

簡注：

①廨宇，官舍；鄰蛟室，接近大海。

選評：

《王孟詩評》：劉云：『衆山』『孤嶼』，且不犯時景，句句淘洗欲盡。

《瀛奎律髓》：紀昀評：雍容閑雅，清而不薄，此是盛唐人身分。虛谷但賞五六，是仍以摘句之法求古人。

送張子容赴舉

夕曛山照滅，送客出柴門。惆悵野中別，殷勤醉後言。茂林余偃息，喬木爾飛翻。無使谷風①誚，須令友道存。

簡注：

①谷風：《詩經·小雅·谷風》，言朋友相棄之事，用此言勿因地位懸殊斷絕友情。

送張參明經舉兼向涇州省覲

十五綵衣年，承歡慈母前。孝廉因歲貢，懷橘①向秦川。四座推文舉，中郎許仲宣②。泛舟江上別，誰不仰神仙。

簡注：

①懷橘：《三國志·吴志·陸績傳》載陸績作賓客不忘帶橘子給母親，後世以爲孝親之典。

②文舉、仲宣，分別爲文學家孔融、王粲字。

溯江至武昌

家本洞湖上，歲時歸思催。客心徒欲速，江路苦邅迴。殘凍因風解，新梅度臘開。行看武昌柳，髣髴映樓臺。

選評：

《王孟詩評》：劉云：雖屬入情，語未簡至。

唐城館中早發寄楊使君

犯霜驅曉駕，數里見唐城。旅館歸心逼，荒村客思盈。訪人留後信，策蹇赴前程。欲識離魂斷，長空聽雁聲。

陪李侍御謁聰禪上人

欣逢柏臺舊，共謁聰公禪。石室無人到，繩床見虎眠①。陰崖常抱雪，松澗爲生泉。出處雖云異，同歡在法筵。

簡注：

①石室，泛指神仙所居；繩床，僧人吃飯時跪坐的小床。

和張丞相春朝對雪

迎氣當春立，承恩喜雪來。潤從河漢下，花逼豔陽開。不睹豐年瑞，安知燮理①才。撒鹽如可擬，願糝和羹梅②。

簡注：

①燮理：協調。

②撒鹽：典出《世説新語·言語》，比喻落雪；和羹梅：典出《尚書·説命下》『若作和羹，爾惟鹽梅』，意爲作羹必須鹽梅并用，才能鹹酸適度，比喻政治上配備有能力的人才，君臣協調。

選評：

《瀛奎律髓》：善用事者化死事爲活事。『撒鹽』本非俊語，却引爲宰相和羹糁梅之事則新矣。

《唐詩成法》：前半春朝對雪，後半和丞相，法亦猶人。惟結自用典切甚，又化俗爲雅。『鹽』『梅』既切丞相，切雪，梅又切春朝。切雪、切丞相易，并切春難矣。

五言律詩

送王宣從軍

才有幕中畫，而無塞上勳。漢兵將滅虜，王粲始從軍①。旌旆邊亭去，山川地脈分。平生一匕首，感激贈夫君。

簡注：

①此句借用王粲《從軍詩》五首之『一舉滅獯虜，再舉服羌夷』一句。

送張祥之房陵

我家南渡隱，慣習野人舟。日夕弄清淺，林湍逆上流。山河據形勝，天地生豪酋。君意在利涉，知音期自投。

送桓子之郢成禮

聞君馳彩騎，躞蹀①指南荆。爲結潘楊好②，言過鄢郢城。摽梅詩已贈，羔雁禮將行③。今夜神仙女，應來感夢情。

簡注：

①躞蹀：音懈跌，謂小步行走。

②晉代潘嶽和楊仲武有姻親關係且交好，後世因稱姻親關係爲結潘楊之好。

③《詩經·召南·摽有梅》有句『求我庶士，迨其吉兮』，比喻女子已待字閨中；羊羔禮，《禮記·曲禮下》所載徵聘之禮。

早春潤州送弟還鄉

兄弟遊吴國，庭闈戀楚關。已多新歲感，更餞白眉還。歸泛西江水，離筵北固山。鄉園欲有贈，梅柳著先攀。

送告八從軍

男兒一片氣，何必五車書。好勇方過我，才多便起余。運籌將入幕，養拙就閑居。正待功名遂，從君繼兩疏①。

簡注：

①《漢書·疏廣傳》載疏廣及其侄疏受功成身退的故事。

送元公之鄂渚尋觀主張驂鸞

桃花春水漲，之子忽乘流。峴首辭蛟浦，江邊問鶴樓。贈君青竹杖，送爾白蘋洲。應是神仙輩，相期汗漫遊。

峴山餞房琯崔宗之

貴賤平生隔，軒車是日來。青陽一覲止，雲霧豁然開。祖道衣冠列，分亭驛騎催。方期九日聚，還待二星迴①。

簡注：

①九日聚，古人于九月九日重陽節親友相聚；二星，代指房琯、崔宗之。

送王五昆季省覲

公子戀庭幃，勞歌涉海沂。水乘舟楫去，親望老萊歸。斜日催烏鳥，清江照綵衣。平生急難意，遙仰鶺鴒飛。

送崔遏

片玉來誇楚，治中作主人。江山增潤色，詞賦動陽春。別館當虛敞，離情任吐伸。因聲兩京舊，誰念卧漳濱①。

簡注：

①因聲，寄言；兩京舊，在京城的故人；卧漳濱，借用劉楨《贈五官中郎將》詩句『餘嬰沈痼疾，竄身清漳濱』。

送盧少府使入秦

楚關望秦國，相去千里餘。州縣勤王事，山河轉使車。祖筵江上列，離恨別前書。顧及芳年賞，嬌鶯二月初。

送謝録事之越

清旦江天迴，涼風西北吹。白雲向吴會，征帆亦相隨。想到耶溪日，應探禹穴①奇。仙書儻相示，余在北山陲。

簡注：

①禹穴：傳説爲夏禹安葬之地，在今浙江紹興境內。

選評：

《王孟詩評》：李夢陽曰：『白雲向吴會』二句，詩亦如之。

洛下送奚三還揚州

水國無邊際，舟行共使風。羨君從此去，朝夕見鄉中。余亦離家久，南歸恨不同。音書若有問，江上會相逢。

選評：

《王孟詩評》：『水國無邊際』與『木落雁南渡』較『八月湖水平』尤勝，學孟當于此著眼。

《唐詩歸》：鍾云：此與上篇，一篇衹如一句，然易于弱，太白有此法。

送袁十嶺南尋弟

早聞牛渚詠，今見鶺鴒心。羽翼嗟零落，悲鳴別故林。蒼梧白雲遠，煙水洞庭深。萬里獨飛去，南風遲爾音。

永嘉別張子容

舊國余歸楚，新年子北征。掛帆愁海路，分手戀朋情。日夜故園意，汀洲春草生。何時一杯酒，重與李膺傾。

送袁太祝尉豫章

何幸遇休明，觀光來上京。相逢武陵客，獨送豫章行。隨牒牽黃綬，

離群會墨卿①。江南佳麗地，山水舊難名。

簡注：

①黃綬，黃色的用來系官印的綬帶；墨卿，典出揚雄《長楊賦序》：『聊因筆墨以成文章，故藉翰林以爲主人，子墨爲客卿以諷』，墨卿亦指代官吏。

都下送辛大之鄂

南國辛居士，言歸舊竹林。未逢調鼎用，徒有濟川心。余亦忘機者，田園在漢陰。因君故鄉去，遥寄式微①吟。

簡注：

①式微：《詩經・邶風・式微》有『式微，式微，胡不歸？』言歸心之切。

選評：

《絸齋說詩》：無字不妥當，此最難到。

送席大

惜爾懷其寶，迷邦倦客遊。江山歷全楚，河洛越成周。道路疲千里，鄉園老一丘①。知君命不偶，同病亦同憂。

簡注：

①一丘：丘壑爲山林深谷，隱士所居，這裏代指隱士。

送賈昇主簿之荆府

奉使推能者，勤王不暫閑。觀風隨按察，乘騎度荆關。送別登何處，開筵舊峴山。征軒明日遠，空望郢門間。

送王大校書

導漾自嶓塚，東流爲漢川。維桑君有意，解纜我開筵。雲雨從茲別，林端意渺然。尺書能不吝，時望鯉魚傳。

浙江西上留別裴劉二少府

西上浙江西，臨流恨解攜。千山疊成嶂，萬水瀉爲溪。石淺流難溯，藤長險易躋。誰憐問津者①，歲晏此中迷。

簡注：

①問津者：津，渡口；問詢渡口的人。

京還留別新豐諸友

吾道昧所適，驅車還向東。主人開舊館，留客醉新豐。樹繞温泉綠，塵遮晚日紅。拂衣從此去，高步躡華嵩。

廣陵別薛八

士有不得志，悽悽吳楚間。廣陵相遇罷，彭蠡泛舟還①。檣出江中樹，波連海上山。風帆明日遠，何處更追攀。

簡注：

①廣陵，今揚州；彭蠡，彭蠡湖，即今江西鄱陽湖。

選評：

《唐詩歸》：鍾云：此等作，正王元美所謂『篇法之妙，不見句法』。譚云：

此豈有聲色臭味哉！

《唐詩選脉會通評林》：周敬曰：一起悲語慟人。

《王闓運手批唐詩選》：此一氣呵成，要在不滑。

臨渙裴明府席遇張十一房六

河縣柳林邊，河橋晚泊船。文叨①才子會，官喜故人連。笑語同今夕，輕肥異往年。晨風理歸棹，吳楚各依然。

簡注：

①叨：忝，自謙之詞。

盧明府早秋宴張郎中海園即事得秋字

邑有弦歌宰，翔鸞狎野鷗。眷言華省舊，暫滯海池遊。鬱島藏深竹，前溪對舞樓。更聞書即事，雲物是新秋。

同盧明府早秋夜宴張郎中海亭

側聽弦歌宰，文書游夏①徒。故園欣賞竹，爲邑幸來蘇。華省曾聯事，仙舟復與俱。欲知臨泛久，荷露漸成珠。

簡注：

①游夏：孔門弟子子游、子夏，《論語·公冶長》記載二人擅文學。

崔明府宅夜觀妓

白日既云暮，朱顔亦已酡。畫堂初點燭，金幌半垂羅。長袖平陽曲，新聲《子夜》歌①。從來慣留客，茲夕爲誰多。

簡注：

①平陽曲，漢代平陽公主家多舞者；子夜歌，樂府《吳聲歌曲》名，多寫男女愛情。

宴榮山人池亭

甲地開金穴，榮期樂自多。櫪嘶支遁馬，池養右軍鵝。竹引携琴入，花邀載酒過。山公來取醉，時唱接籬歌①。

簡注：

①接籬歌：接籬，本爲頭巾名。典出《世說新語·任誕》，山簡醉後倒著白接籬，喻其醉態而狂放。

夏日與崔二十一同集衛明府席

言避一時暑，池亭五月開。喜逢金馬客，同飲玉人杯。舞鶴乘軒至，遊魚擁釣來。座中殊未起，簫管莫相催。

清明日宴梅道士房

林卧愁春盡，開軒覽物華。忽逢青鳥使，邀我赤松家。丹竈初開火，仙桃正發花①。童顔若可駐，何惜醉流霞。

簡注：

①丹竈，道士煉丹的爐灶；仙桃，傳説西王母曾以玉盤盛仙桃給漢武帝，以爲有長生之效。

寒食宴張明府宅

瑞雪初盈尺，寒宵始半更。列筵邀酒伴，刻燭限詩成。香炭金爐暖，嬌弦玉指清。醉来方欲卧，不覺曉鷄鳴。

和賈主簿弁九日登峴山

楚萬重陽日，群公賞燕來。共乘休沐暇，同醉菊花杯。逸思高秋發，歡情落景催。國人咸寡和，遥愧洛陽才①。

簡注：

①洛陽才：西漢賈誼有『洛陽才子』之稱。

宴張別駕新齋

世業傳珪組，江城佐股肱。高齋徵學問，虛薄濫先登。講論陪諸子，文章得舊朋。士元多賞激，衰病恨無能。

李氏園卧疾

我愛陶家趣，林園無俗情。春雷百卉拆，寒食四鄰清。伏枕嗟公幹，歸田羨子平。年年白社客，空滯洛陽城。

選評：

《王孟詩評》：劉云：寒食慘淡，更念四鄰。

《王闓運手批唐詩選》：亦苦煉句（『春雷』二句下）。

過故人莊

故人具雞黍，邀我至田家。綠樹村邊合，青山郭外斜。開筵面場圃，把酒話桑麻。待到重陽日，還來就菊花。

選評：

《王孟詩評》：劉云：每以自在相凌厲者，極是。

《瀛奎律髓》：此詩句句自然，無刻划之迹。

《唐詩摘抄》：全首俱以信口道出，筆尖幾不著點墨。淺之至而深，淡之至而濃，老之至而媚。火候至此，并烹煉之迹俱化矣。王、孟并稱，意嘗不滿于孟。若作此，吾何問然？　結句係孟對故人語，覺一片真率款曲之意溢於言外。

《唐詩成法》：以古爲律，得閑適之意，使靖節爲近體，想亦不過如此而已。

《唐詩别裁》：通體清妙。末句就字作意，而歸于自然。

《唐詩近體》：通體樸實，而語意清妙。

途中九日懷襄陽

去國似如昨，倏然經杪秋。峴山不可見，風景令人愁。誰採籬下菊，應閑池上樓。宜城多美酒，歸與葛强遊。

選評：

《彙編唐詩十集》：唐云：語不求整，風韻自超。後四句覺勝。

《王闓運手批唐詩選》：此王孟創派，無中生有。

初出關旅亭夜坐懷王大校書

向夕槐煙起，葱蘢池館曛。客中無偶坐，關外惜離群。燭至螢光滅，荷枯雨滴聞。永懷蓬閣友，寂寞滯揚雲。

選評：

《彙編唐詩十集》：唐云：孟詩之整飭者。

《唐賢三昧集箋注》：頸聯楚楚有緻，已開宋人之境。

李少府與王九再來

弱歲早登龍，今朝喜再逢。何如春月柳，猶憶歲寒松。煙火臨寒食，笙歌達曙鐘。喧喧鬥雞道，行樂羨朋從。

尋張五回夜園作

聞就龐公隱，移居近洞湖。興來林是竹，歸卧谷名愚。掛席樵風便，開軒琴月孤。歲寒何用賞，霜落故園蕪。

張七及辛大見尋南亭醉作

山公能飲酒，居士好彈箏。世外交初得，林中契已并。納涼風颯至，逃暑日將傾。便就南亭裏，餘樽惜解酲。

題張野人園廬

與君園廬並，微尚頗亦同。耕釣方自逸，壺觴趣不空。門無俗士駕，

人有上皇風①。何必先賢傳，唯稱龐德公。

簡注：

①上皇風：伏羲爲三皇之最先者，故稱上皇。古人以爲其時世風醇厚。借此表達思古之心。

過景空寺故融公蘭若

池上青蓮宇①，林間白馬泉。故人成異物，過客獨潸然。既禮新松塔，還尋舊石筵。平生竹如意，猶掛草堂前。

簡注：

①青蓮宇：青蓮往往指代佛教，即佛寺建築。

早寒江上有懷

木落雁南度，北風江上寒。我家襄水曲，遥隔楚雲端。鄉淚客中盡，歸帆天際看。迷津欲有問，平海夕漫漫。

選評：

《唐賢三昧集箋注》：客懷淒然，何等起手！

《唐詩别裁》：起手須得此高致（『木落』句下）。

《聞鶴軒初盛唐近體讀本》：陳德公先生曰：逸筆故饒爽韻，前四純以神勝，是此家絶唱，詣不必遜他人人工也。三、四正乃悠然神往，後半彌作生態，結語緊接五、六，亦復隱承三、四。

《唐宋詩舉要》：純是思歸之神，所謂超以象外也。

南山下與老圃期種瓜

樵木南山近，林閭北郭賒。先人留素業，老圃作鄰家。不種千株橘，唯資五色瓜①。邵平能就我，開徑剪蓬麻。

簡注：

①五色瓜：又稱東陵瓜，據《史記·蕭相國世家》，爲東陵侯召平所種而得名。

裴司士員司户見尋

府寮能枉駕，家醖復新開。落日池上酌，清風松下來。厨人具雞黍，稚子摘楊梅。誰道山公醉，猶能騎馬迴。

選評：

《王孟詩評》：劉云：大巧若拙。或謂『楊梅』假對，謬論。

《唐詩分類繩尺》：作詩亦當有野意，全集中無此，不足以破其巧冶之氣，非粗也。

《綱師園唐詩箋》：翛然（『清風』句下）。

除夜

迢遞三巴路，羈危萬里身。亂山殘雪夜，孤燭異鄉人。漸與骨肉遠，轉於僮僕親。那堪正漂泊，來日歲華新。

傷峴山雲表觀主

少小學書劍，秦吳多歲年。歸來一登眺，陵谷尚依然。豈意餐霞客，

忽隨朝露先。因之問閭里①，把臂②幾人全？

簡注：

①閭里：古制以五家爲閭，二十五家爲里，後世合稱泛指鄉里。

②把臂：以手握臂，親切之意，代指交好之人。

賦得盈盈樓上女

夫婿久別離，青樓①空望歸。妝成捲簾坐，愁思懶縫衣。燕子家家人，楊花處處飛。空牀難獨守，誰爲解金徽②。

簡注：

①青樓：古代泛指女子居處。

②金徽：彈琴撫抑之處曰徽，飾以金玉，故曰金徽。此處指琴音。

春怨

佳人能畫眉，妝罷出簾帷。照水空自愛，折花將遺誰？春情多豔逸，春意倍相思。愁心極楊柳，一種亂如絲。

選評：

《王孟詩評》：矜麗婉約。

《唐賢清雅集》：前半見品，後半言情，此真天仙化人。若王龍標『閨中少婦』，不免帶脂粉氣。作托興詩須學此種。

閨情

一別隔炎涼，君衣忘短長。裁縫無處等，以意忖情量。畏瘦宜傷窄，防寒更厚裝。半啼封裹了，知欲寄誰將？

寒夜

閨夕綺窗閉，佳人罷縫衣。理琴開寶匣，就枕臥重幃。夜久燈花落，薰籠①香氣微。錦衾重自暖，遮莫②曉霜飛。

簡注：

①薰籠：薰衣器具，亦稱篝，或稱牆居。

②遮莫：儘教、任憑之意。

美人分香

豔色本傾城，分香更有情。髻鬟垂欲解，眉黛拂能輕。舞學平陽態，歌翻子夜聲。春風狹斜道①，含笑待逢迎。

簡注：

①狹斜道：狹窄小巷。後世常用作娼女歌姬居處。

七言律詩

登安陽城樓

縣城南面漢江流，江嶂開成南雍州。才子乘春來騁望，群公暇日坐銷憂。樓臺晚映青山郭，羅綺晴嬌綠水洲。向夕波搖明月動，更疑神女弄珠遊。

選評：

《王孟詩評》：劉云：老成素淨，但『江』『嶂』『山』『水』『晚』『夕』『珠』『綺』，不免疊意。

《唐詩評選》：輕俊，幸不涼儉。

《唐詩餘編》：先敘事後寫景，得悠遠不盡之妙。

《唐詩箋要》：結句之妙，與崔司勳『日暮鄉關』、李翰林『欲棲珠樹』鼎足而三。

除夜有懷

五更鐘漏欲相催，四氣推遷往復迴。帳裏殘燈才有焰，爐中香氣盡成灰。漸看春逼芙蓉枕，頓覺寒消竹葉杯。守歲家家應未臥，相思那得夢魂來。

選評：

《載酒園詩話又編·孟浩然》：《除夜有懷》曰：『漸看春逼芙蓉枕，頓覺寒消竹葉杯。守歲家家應未卧，相思那得夢魂來。』雖悽惋入情，却竟是中晚唐態度矣。

登萬歲樓

萬歲樓頭望故鄉，獨令鄉思更茫茫。天寒雁度堪垂淚，月落猿啼欲斷腸。曲引古堤臨凍浦，斜分遠岸近枯楊。今朝偶見同袍友①，却喜家書寄八行②。

簡注：

①同袍友：《詩經·秦風·無衣》有句『豈曰無衣，與子同袍』，指與兄弟同窗，甘苦與共。

②八行：即八行箋，指代書信。

春情

青樓曉日珠簾映，紅粉春妝寶鏡催。已厭交歡憐枕席，相將遊戲繞池臺。坐時衣帶縈纖草，行即裙裾掃落梅。更道明朝不當作，相期共鬥管弦來。

選評：

《王孟詩評》：五、六皆裝點趣事，然下句尤妙。

《唐七律選》：似拙塞而實通雋，何許骨格（『相將遊戲』句下）。

《山滿樓箋注唐詩七言律》：春情者，閨人春日之情也，艷而不俚，乃爲上乘。他人寫情，必寫其晏眠不起，而此偏寫其早起；他人寫情，必寫其憐枕席，而此偏寫其厭交歡，落想已高人數等。而尤妙在從朝至暮，曲曲折折寫其初起，寫其妝成，寫其遊戲，既寫其坐，復寫其行，五十六字中便已得幾幅美人圖，真能事也。

五言絕句

宿建德江

移舟泊煙渚，日暮客愁新。野曠天低樹，江清月近人。

選評：

《鶴林玉露》：孟浩然詩云『江清月近人』，杜陵云『江月去人祇數尺』，子美視浩然爲前輩，豈祖述而敷衍之耶？浩然之句渾涵，子美之句精工。

《批點唐詩正聲》：語少意遠，清思痛入骨髓。

《唐詩箋要》：襄陽最多率素語，如此絕又雜以莊重，似齊梁儷體。

《唐人絕句精華》：詩家有情在景中之說，此詩是也。

春曉

春眠不覺曉，處處聞啼鳥。夜來風雨聲，花落知多少。

選評：

《王孟詩評》：劉云：風流閑美，正不在多。以詩近詞，太以纖麗故。

《唐詩歸》：鍾云：通是猜境，妙！妙！

《唐詩解》：昔人謂詩如參禪，如此等語，非妙悟者不能道。

《唐詩箋要》：朦朧臆想，構此幻境。『落多少』可以不說，又不容不說，誠非妙悟，不能有此。

《唐詩箋注》：詩到自然，無迹可尋。『花落』句含幾許惜春意。

《歷代詩評注讀本》：描寫春曉，而含有一種惋惜之意，惜落花乎？惜韶光耳。

送朱大入秦

遊人五陵去，寶劍直千金。分手脱相贈，平生一片心。

選評：

《批點唐詩正聲》：氣俠情真，不愧兒女子志。

《唐詩箋注》：不過任俠意，寫得有神。

《詩境淺説》：襄陽詩皆沖和淡逸之音，此詩獨有抑塞磊落之氣。

送友人之京

君登青雲去，余望青山歸。雲山從此別，淚濕薜蘿衣。

選評：

《王孟詩評》：劉云：甚不多語，神情悄然，然比之蘇州特怨甚。

《批點唐詩正聲》：野人餞別，正合此語，少益便非孟浩然。

初下浙江舟中口號

八月觀潮罷，三江越海潯。回瞻魏闕①路，無復子牟心。

簡注：

①魏闕：本爲宫門懸掛法令之所，代指帝王宫殿。

醉後贈馬四

四海重然諾，吾常聞白眉。秦城遊俠客，想得半酣時。

檀溪尋故人

花半成龍竹①，池分躍馬溪。田園人不見，疑向洞中棲。

簡注：

①成龍竹：《太平广记》引《神仙傳》，壺公使竹杖化而爲龍。

同張將薊門看燈

異俗非鄉俗，新年改故年。薊門看火樹，疑是燭龍①然。

簡注：

①燭龍：傳説中的神，閉眼爲夜，睜眼爲晝。

登峴山亭寄晉陵張少府

峴首風湍急，雲帆若鳥飛。憑軒試一問，張翰欲來歸①？

簡注：

①張翰，晋吴郡人，時局混亂，爲避禍，託辭秋風起思念故鄉風物而歸。借此喻辭官還鄉之意。

贈王九

日暮田家遠，山中勿久淹。歸人須早去，稚子望陶潛。

同儲十二洛陽道中作

珠彈繁華子①，金羈遊俠人。酒酣白日暮，走馬入紅塵。

簡注：

①繁華子：比喻盛年貌美之人。《文選》阮籍《詠懷詩》有『昔日繁華子，安陵與龍陽』句。

尋菊花潭主人不遇

行至菊花潭，村西日已斜。主人登高去，雞犬空在家。

選評：

《覘齋談詩》：若無好處，祇是空淡入妙。

張郎中梅園作

綺席鋪蘭杜，珠盤忻芰荷。故園留不住，應是戀弦歌。

問舟子

向夕問舟子，前程復幾多。灣頭正好泊，淮裏足風波。

揚子津望京口

北固臨京口，夷山①近海濱。江風白浪起，愁殺渡頭人。

簡注：

①夷山：焦山餘脈，在鎮江（古稱京口）。

北澗浮舟

北澗流恒滿，浮舟觸處通。沿洄自有趣，何必五湖中。

選評：

《王孟詩評》：劉云：結尤屬收拾。

洛中訪袁拾遺不遇

洛陽訪才子，江嶺作流人。聞説梅花早，何如北地春。

選評：

《王孟詩評》：劉云：使不著字，亦自深怨。

送張郎中遷京

碧溪常共賞，朱邸①忽遷榮。預有相思意，聞君琴上聲。

簡注：

①朱邸：漢代諸侯王以朱紅漆門，以此指代諸侯王。

戲贈主人

客醉眠未起，主人呼解醒。已言雞黍熟，復道甕頭清①。

簡注：

①甕頭清：酒新熟。

選評：

《覞齋詩談》：『甕頭清』本俗語，唐人用之，不礙高雅。

七言絕句

過融上人蘭若

山頭禪室掛僧衣，窗外無人溪鳥飛。黃昏半在下山路，却聽泉聲戀翠微①。

簡注：

①翠微：即青山。

涼州詞二首

渾成紫檀金屑文，作得琵琶聲入雲。胡地迢迢三萬里，那堪馬上送明君。

異方之樂令人悲，羌笛胡笳不用吹。坐看今夜關山月，思殺邊城遊俠兒。

越中送張少府歸秦中

試登秦嶺望秦川，遥憶青門春可憐。仲月送君從此去，瓜時須及邵平田。

濟江問舟人

潮落江平未有風，輕舟共濟與君同。時時引領望天末，何處青山是越中。

選評：

《歷代詩發》：二詩（按：指此詩與《送杜十四之江南》）俱在人意中，却秖如面谈，人不能及。

《詩式》：首句言潮落故江平，尚未有風，則可以濟矣，就「江」字起。二句言與舟子共濟，「君」指舟子也，就舟子承。三句就「濟」字轉，心中想越，故引領而望；「時時」見望之勤，「天末」見望之遠。四句言江上青山無數，未知越山在于何處，因指青山以問舟子也。「青山」二字冠以「何處」二字，「越中」二字冠以「是」字，做題中「問」字不著痕跡，但寫出神理。「望天」二字平仄倒，「望」字救，「天」字拗。

送杜十四之江南

荆吴相接水爲鄉，君去春江正渺茫。日暮征帆泊何處，天涯一望斷人腸。

選評：

《批點唐詩正聲》：近歌行體，無一點塵穢。

《唐詩直解》：明淨無一點塵氛，不勝歧路之泣。

《批唐賢三昧集》：似淺近而有餘味者，以運氣渾洽，寫景清切故也。此辨甚微。

輯補

詠青

霧闞天光遠，春迴日道臨。草濃河畔色，槐結路旁陰。欲映君王史，先標胄子襟。經明如可拾，自有致雲心。

初秋

不覺初秋夜漸長，清風習習重淒涼。炎炎暑退茅齋靜，階下叢莎有露光。

長樂宮

秦城舊來稱窈窕，漢家更衣應不少。紅粉邀君在何處，青樓苦夜長難曉。長樂宮中鐘暗來，可憐歌舞慣相催。歡娛此事今寂寞，唯有年年陵樹哀。

渡揚子江

桂楫中流望，京江兩畔明。林開揚子驛，山出潤州城。海盡邊陰靜，江寒朔吹生。更聞楓葉下，淅瀝度秋聲。

清明即事

帝裏重清明，人心自愁思。車聲上路合，柳色東城翠。花落草齊生，鶯飛蝶雙戲。空堂坐相憶，酌茗聊代醉。

尋裴處士

涉水更登陸，所向皆清貞。寒草不藏徑，靈峰知有人。悠哉煉金客，獨與煙霞親。曾是欲輕舉，誰言空隱淪。遠心寄白月，一作日。華髮回青春。對此欽勝事，胡爲勞我身。

句

微雲淡河漢，疏雨滴梧桐。

逐逐懷良馭，蕭蕭顧樂鳴。

附録

新唐書·孟浩然傳

孟浩然字浩然，襄州襄陽人。少好節義，喜振人患難，隱鹿門山。年四十，乃遊京師。嘗於太學賦詩，一座嗟伏，無敢抗。張九齡、王維雅稱道之。維私邀入内署，俄而玄宗至，浩然匿床下，維以實對，帝喜曰：『朕聞其人而未見也，何懼而匿？』詔浩然出。帝問其詩，浩然再拜，自誦所爲，至『不才明主棄』之句，帝曰：『卿不求仕，而朕未嘗棄卿，奈何誣我？』因放還。採訪使韓朝宗約浩然偕至京師，欲薦諸朝。會故人至，劇飲歡甚。或曰：『君與韓公有期。』浩然叱曰：『業已飲，遑恤他！』卒不赴。朝宗怒，辭行，浩然不悔也。張九齡爲荆州，辟置于府，府罷。開元末，病疽背卒。

後樊澤爲節度使，時浩然墓庫壞，符載以箋叩澤曰：『故處士孟浩然，文質傑美，殞落歲久，門裔陵遲，丘隴頽没，永懷若人，行路慨然。前公欲更築大墓，闔州搢紳，聞風竦動。而今外迫軍旅，内勞賓客，牽耗歲時，或有未遑。誠令好事者乘而有之，負公夙志矣。』澤乃更爲刻碑鳳林山南，封寵其墓。

初，王維過郢州，畫浩然像於刺史亭，因曰浩然亭。咸通中，刺史鄭諴謂賢者名不可斥，更署曰孟亭。

開元、天寶間，同知名者王昌齡、崔顥，皆位不顯。（新唐書卷二百三·文藝下）

四庫全書孟浩然集四卷（江蘇蔣曾瑩家藏本）提要

唐孟浩然撰。浩然事蹟具《新唐書·文藝傳》。前有天寶四載宜城王士源序，又有天寶九載韋滔序。士源序稱浩然卒於開元二十八年，年五十有二，凡所屬綴，就輒毁棄，無復編録，鄉里購采不有其半，敷求四方往往而獲。今集其詩二百一十七首，分爲四卷，此本四卷之數雖與序合、而詩乃二百六十三首，較原本多四十五首。洪邁《容齋隨筆》嘗疑其《示孟郊詩》時代不能相及，今考《長安早春》一首，《文苑英華》作張子容，而《同張將軍薊門看燈》一首，亦非浩然遊蹟之所及，則後人竄入者多矣。士源序又稱詩或缺逸未成，而製思清美，及他人酬贈，咸次而不棄，而此本無不完之篇，亦無唱和之作，其非原本，尤有明徵。『排律』之名，始於楊宏《唐音》，古無此稱，此本乃標『排律』爲一體，其中《田家元日》一首、《晚泊潯陽望香爐峯》一首、《萬山潭》一首、《渭南園即事貽皎上人》一首，皆五言近體。而編入古詩《臨洞庭詩》，舊本題下有『獻張相公』四字，見方回《瀛奎律髓》，此本亦無之，顯然爲明代重刻，有所移改。至序中『丞相範陽張九齡等與浩然爲忘形之交』語，考《唐書》，張説嘗謫嶽州司馬，集中稱張相公、張丞相者凡五首，皆爲説作，若九齡則籍隷嶺南，以『曲江』著號，安得署曰『範陽』？亦明人以意妄改也。以今世所行別無他本，姑仍其舊録之，而附訂其舛互如右。

孟浩然詩一卷提要

鼂氏曰：唐孟浩然也，襄陽人，工五言詩，隱鹿門山。年四十乃遊京師。一日，諸名士集祕省聯句，浩然句曰『微雲淡河漢，疎雨滴梧桐』，衆皆欽伏。張九齡、王維雅稱道之，維私邀入禁林，遇元宗臨幸，浩然匿床下。維以聞，上曰：『素聞其人』，因召見，命自誦所爲詩，至『不才明主棄』之句，上曰『不求進而誣朕棄人命』，放歸。所著詩二百一十首，宜城處士王士源序次爲三卷，今並爲一，又有天寶中韋縚序。（四庫全書・史部・政書類・通制之屬・文獻通考卷二百三十一）

文華叢書

《文華叢書》是廣陵書社歷時多年精心打造的一套綫裝小型開本國學經典。選目均爲中國傳統文化之經典著作，如《唐詩三百首》《宋詞三百首》《古文觀止》《四書章句》《六祖壇經》《山海經》《天工開物》《歷代家訓》《納蘭詞》《紅樓夢詩詞聯賦》等，均爲家喻户曉、百讀不厭的名作。裝幀採用中國傳統的宣紙、綫裝形式，古色古香，樸素典雅，富有民族特色和文化品位。精選底本，精心編校，字體秀麗，版式疏朗，價格適中。經典名著與古典裝幀珠聯璧合，相得益彰，贏得了越來越多讀者的喜愛。現附列書目，以便讀者諸君選購。

文華叢書

文華叢書書目

人間詞話（套色）（二册）
三字經·百家姓·千字文·弟子規（外二種）（二册）
三曹詩選（二册）
千家詩（二册）
小窗幽紀（二册）
山海經（插圖本）（三册）
元曲三百首（二册）
六祖壇經（二册）
天工開物（插圖本）（四册）
王維詩集（二册）
文心雕龍（二册）
片玉詞（套色、注評、插圖）（二册）
世説新語（二册）
古文觀止（四册）
四書章句（大學、中庸、論語、孟子）（二册）
白居易詩選（二册）
老子·莊子（三册）
西厢記（插圖本）（二册）
宋詞三百首（二册）
宋詞三百首（套色、插圖本）（二册）
李白詩選（簡注）（二册）
李清照集·附朱淑真詞（二册）
杜甫詩選（簡注）（二册）
杜牧詩選（二册）
辛弃疾詞（二册）
呻吟語（四册）
東坡志林（二册）
東坡詞（套色、注評）（二册）

文華叢書

書目 二

花間集（套色、插圖本）（二冊）
孝經・禮記（三冊）
近思録（二冊）
長物志（二冊）
孟子（附孟子聖迹圖）（二冊）
孟浩然詩集（二冊）
金剛經・百喻經（二冊）
周易・尚書（二冊）
茶經・續茶經（三冊）
紅樓夢詩詞聯賦（二冊）
柳宗元詩文選（二冊）
唐詩三百首（二冊）
唐詩三百首（插圖本）（二冊）
孫子兵法・孫臏兵法・三十六計（二冊）
格言聯璧（二冊）
浮生六記（二冊）
秦觀詩詞選（二冊）
笑林廣記（二冊）
納蘭詞（套色、注評）（二冊）
陶庵夢憶（二冊）
陶淵明集（二冊）
曾國藩家書精選（二冊）
飲膳正要（二冊）
絶妙好詞箋（三冊）
菜根譚・幽夢影（二冊）
菜根譚・幽夢影・圍爐夜話（三冊）
閑情偶寄（四冊）
傳統蒙學叢書（二冊）
傳習録（二冊）
搜神記（二冊）
楚辭（二冊）
經典常談（二冊）
詩品・詞品（二冊）
詩經（插圖本）（二冊）
園冶（二冊）
隨園食單（二冊）
遺山樂府選（二冊）
管子（四冊）
墨子（三冊）
論語（附聖迹圖）（二冊）
樂章集（插圖本）（二冊）
學詩百法（二冊）
學詞百法（二冊）
戰國策（三冊）
歷代家訓（簡注）（二冊）
顔氏家訓（二冊）
*元曲三百首（插圖本）（二冊）
*史記菁華録（三冊）
*列子（二冊）
*李商隱詩選（二冊）
*宋詩舉要（三冊）
*珠玉詞・小山詞（二冊）
*酒經・酒譜（二冊）
*夢溪筆談（三冊）
*裝潢志・賞延素心録（外九種）（二冊）
*劉禹錫詩選（二冊）
*隨園詩話（四冊）
（*爲即將出版書目）

★爲保證購買順利，購買前可與本社發行部聯繫
電話：0514-85228088　郵箱：yzglss@163.com